HYMNES

ET

CANTIQUES

POÉSIES RELIGIEUSES.

PAR

E. FILHOL

PARIS

LIBRAIRIE DE CH. MEYRUEIS, ÉDITEUR

43-45, RUE DES SAINTS-PÈRES

—

1869

HYMNES ET CANTIQUES

~~~~~~

POÉSIES RELIGIEUSES

Reproduction interdite

PARIS. — TYPOGRAPHIE DE CH. MEYRUEIS
13, rue Cujas. — 1869.

HYMNES

ET

CANTIQUES

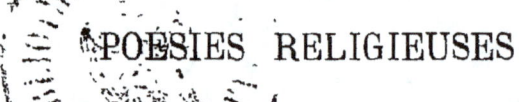
POÉSIES RELIGIEUSES

PAR

E. FILHOL

Tes statuts ont été mes cantiques dans la maison
où j'ai demeuré comme étranger.
PSAUME CXIX, 54.

PARIS

LIBRAIRIE DE CH. MEYRUEIS, ÉDITEUR

43-45, RUE DES SAINTS-PÈRES

1869

HYMNES ET CANTIQUES

~~~~~~~~

LIVRE PREMIER

HYMNES ET CANTIQUES

LIVRE PREMIER

I

JE VIENS A TOI.

Pauvre égaré, j'ai d'une course avide
De porte en porte imploré le bonheur.
J'ai fui ton joug et mon calice vide
Ne m'a laissé qu'amertume et langueur.
Mais quand le cœur succombe à la souffrance,
Tu dis encor : Pécheur, reviens à moi.
Ta voix d'amour me rend à l'espérance ;
Je viens à toi ; Jésus, je viens à toi.

Pour nous sauver tu parus sur la terre
Souffrant-toi même et courbé sous le faix.
De tous nos maux tu reçus le salaire
Et dans ton sang tu lavas nos forfaits.
Ce sang qui sort de tes veines percées,
Eteint, vainqueur, les foudres de la loi.
Il est la paix des âmes oppressées;
Je viens à toi; Jésus, je viens à toi.

Peut-on sans toi vivre et mourir tranquille?
Peut-on sans toi défier tout destin?
Dans l'infortune où trouver un asile?
Dans ce désert où frayer mon chemin?
Le ciel se couvre et devient gros d'orages;
La nuit qui tombe augmente mon effroi;
Mais ta croix luit par-dessus les nuages;
Je viens à toi; Jésus, je viens à toi.

Que l'insensé brave dans son ivresse
Et le remords, et ton saint nom, et Dieu,
O Jésus-Christ, c'est ta main que je presse;
Ton doux pardon est mon unique vœu.

Qui le possède a retrouvé la vie,
Et ce bonheur est le prix de la foi.
Accorde-moi le seul bien que j'envie ;
Je viens à toi ; Jésus, je viens à toi.

Je viens à toi, nu, souillé, misérable,
Sans titre aucun, n'ayant rien à t'offrir
Que des péchés dont la honte m'accable
Et des haillons dont l'aspect fait rougir.
Mais ces haillons, ta bonté les efface ;
Tu mets sur eux un vêtement de roi.
Tel que je suis tu veux me faire grâce ;
Je viens à toi ; Jésus, je viens à toi.

II

TOUJOURS DEBOUT!

Non, ta croix, ô Jésus, ta croix n'est pas vaincue ;
    Elle est toujours debout,
Debout comme le roc qui se perd dans la nue
    Et ne craint aucun coup.

Elle est toujours la voix qui proclame à la terre
    Ton amour infini ;
Qui promet le pardon, qui permet la prière
    Au cœur le plus flétri.

Elle est toujours le point lumineux qui, dans l'ombre,
    Nous découvre le ciel,
Et fait briller d'en haut sur nos douleurs sans nombre
    Un rayon immortel.

Elle est toujours le port ouvert dans le naufrage
  Où, pauvres matelots
Emportés par les vents et brisés par l'orage,
  Nous trouvons le repos.

Qu'importent les dédains, qu'importent les injures
  D'une foule sans foi ?
Tu n'en règnes pas moins, confondant ces murmures
  Qui passent loin de toi.

Quand tu souffrais, ô Christ, ta divine agonie,
  Et que là, sur la croix,
Ensanglanté, meurtri, tu remettais ta vie
  Comme un agneau sans voix,

Tes ennemis joyeux, triomphants dans le crime,
  Alors comme aujourd'hui,
S'écriaient : Que son Dieu le tire de l'abîme
  Et nous croirons en lui.

Ils te croyaient bien mort, ils croyaient ta mémoire
  Eteinte avec ton sang ;

Mais le troisième jour, quand ils chantaient victoire,
Tu te montras vivant.

Toi seul fus le vainqueur, et tu vaincras encore,
O notre Emmanuel !
Que sont tous les faux dieux que l'incrédule adore,
Contre toi, Roi du ciel ?

III

JE VOUDRAIS!

O mon Dieu, prends pitié de ma douleur amère ;
Je voudrais, tu le sais, ne m'attacher qu'à toi,
Et, libre de tout mal, n'avoir sur cette terre
    Que ton amour pour loi.

Je voudrais, délaissant le monde et sa souillure,
Dans ta communion mettre tout mon bonheur ;
Ne goûter que ta paix, ta paix céleste et pure,
    Baume unique du cœur.

Je voudrais, m'élançant dans la sainte carrière
Où Jésus a laissé l'empreinte de son sang,
Fidèle à mon devoir, fidèle à ma bannière,
    Combattre au premier rang.

1*

Je voudrais... Pourquoi donc mon âme sans constance
Ne sait-elle former que des vœux impuissants ?
Pourquoi suis-je semblable au jonc qui se balance
    Et cède à tous les vents ?

O misère d'un cœur par-dessus tout perfide,
Ce monde que j'ai fui, ce monde que je hais,
Me charme néanmoins, et son bonheur si vide
    Est pour moi plein d'attraits.

En vain je me débats, la vision coupable
Obsède constamment mon esprit fasciné ;
Je pleure, je gémis sous le joug qui m'accable
    Et je reste enchaîné.

Ne verrai-je donc pas terminer ce supplice ?
Languirai-je toujours quand il faudrait courir ?
Des pleurs et des soupirs, est-ce le sacrifice
    Que ma foi doit offrir ?

Pitié, pitié, mon Dieu ; c'est toi que je réclame ;
Je n'ai que toi pour aide en mes profonds ennuis.

Tu peux briser mes fers; tu peux tirer mon âme
De l'abîme où je suis.

Viens, réponds à ma voix; montre-moi ta puissance;
Parle à mon cœur troublé de paix et de pardon;
Dis : Ne crains pas, pécheur; je suis ta délivrance;
Tu vaincras par mon nom.

IV

LA COURONNE.

Il est au ciel une couronne
Qui brille d'un éclat plus pur
Que tous les feux dont s'environne
L'astre flottant aux cieux d'azur ;

Plus brillante, plus radieuse
Que l'émeraude et le saphir,
Et mille fois plus précieuse
Que tout l'or et l'argent d'Ophir.

C'est une couronne immortelle
Dont rien ne ternit la splendeur ;

Sans se flétrir, elle étincelle .
Au front du racheté vainqueur.

Le premier dans la sainte lice
Jésus-Christ l'a su conquérir.
Il s'est offert en sacrifice ;
Pour vaincre il a voulu mourir.

Il gravit la sombre colline,
Pâle et fléchissant sous le poids,
Portant la couronne d'épine
Et pour sceptre ayant une croix.

Et maintenant auprès du Père
Il domine victorieux,
Entouré d'anges de lumière
Qui chantent ses faits merveilleux.

Placés près d'eux devant son trône,
Les saints en extase ravis
A ses pieds jettent leur couronne
Au milieu d'hymnes infinis.

Tous l'ont suivi dans la carrière
Qui mène au céleste séjour.
Comme eux prenons la coupe amère,
Comme eux nous régnerons un jour.

V

PLUS HAUT, PLUS HAUT!

Plus haut, plus haut, levons les yeux,
Plus haut, plus haut que cette terre.
Notre trésor est dans les cieux
Et l'âme ici n'est qu'étrangère.

Plus haut, plus haut, vers la cité
Où tout est lumière, harmonie ;
Où, libre enfin, le racheté
S'abreuve aux sources de la vie.

Plus haut, plus haut, près des élus,
Près de l'Agneau, près de son trône
Où nul ennemi ne vient plus
Nous disputer notre couronne.

Plus haut, plus haut, quand vous cherchez
Votre chemin par la nuit sombre;
Quand, haletants, vous implorez
Un filet d'eau près d'un peu d'ombre.

Plus haut, plus haut, quand l'éclair luit
Et que le ciel est tout en flamme;
Quand notre courage faiblit;
Quand le doute envahit notre âme.

Plus haut, plus haut; c'est l'avenir
Serein, lumineux, ineffable,
Où va bientôt s'évanouir
Tout ce présent qui nous accable.

Plus haut, plus haut! ne vois-tu pas
De ce mont le sommet sublime?
D'impurs brouillards pèsent en bas;
Mais le soleil dore sa cime.

Plus haut, plus haut! avance donc,
Tu n'as pas fini ta journée.

Quand l'œuvre est là, s'arrête-t-on
Avant de l'avoir terminée?

Plus haut, plus haut, prends ton essor,
Comme l'oiseau qui, dans la nue,
Monte en chantant et chante encor
Quand il échappe à notre vue.

VI

L'ANCRE SURE.

Heureux, mon Dieu, qui croit en ta parole ;
Qui ne croit qu'elle, et, dans ce sombre lieu
Où l'homme en vain tâtonne et se désole,
Dresse ses pas aux clartés de son Dieu.

Heureux, heureux qui se courbe sur elle
Et constamment la sonde avec amour,
Soit que l'aurore au matin étincelle,
Soit que la nuit voile les feux du jour.

Comme au désert le voyageur avide
Trouve parfois une verte oasis,
L'ombrage épais dans l'étendue aride,
L'eau pour baigner ses pieds endoloris,

Ainsi pour nous dans le désert du monde
Tes fraîches eaux jaillissent du rocher,
Et sur nos fronts que la sueur inonde
De tes rameaux l'ombre vient se pencher.

Sans ta parole est-il donc une base
Pour soutenir notre espoir chancelant?
Sur tant de maux dont le poids nous écrase,
Qui versera le baume consolant?

Qui nous dira l'énigme de la vie?
Pour la résoudre où trouver un flambeau?
Après ma mort ai-je une autre patrie?
N'ai-je après moi que les vers du tombeau?

Non, non, Seigneur, ta fidèle promesse
Est toujours là pour calmer nos ennuis;
Pour nous montrer au sein de la détresse
Le port heureux où nous sommes conduits;

Pour nous montrer sur la croix du Calvaire
Un Dieu mourant qui porta nos langueurs;

Pour nous montrer plus haut que cette terre
Un Dieu qui prie et nous rendra vainqueurs.

C'est là notre ancre ; elle seule est la bonne.
Malgré les flots contre nous soulevés,
Et quand l'orage en grondant tourbillonne,
Tenons-la ferme et nous serons sauvés.

VII

LA LOI PARFAITE.

O Dieu, ta parole
Adoucit, console
Mes plus noirs chagrins.
Elle est ma sagesse;
Elle est ma richesse
Dans tous mes besoins.

Oh! combien je l'aime
Cette loi suprême,
Cette loi du ciel!
Sa douceur exquise
A mon âme éprise
Plaît plus que le miel.

Elle est ferme et sûre ;

Elle est droite et pure,

Plus pure que l'or ;

Elle est ma bannière

Et je la préfère

A tout vain trésor.

Si ferme et si sûre,

Qu'elle seule dure

Sans tromper jamais ;

Toujours jeune et belle,

Féconde, immortelle

En ses moindres traits.

Si simple et si pure,

Que cette écriture

Charme les enfants ;

Et pourtant profonde,

Vaste, comme l'onde

Des grands océans,

C'est là mon asile ;
C'est là que, docile,
J'écoute la voix
Du divin modèle,
Du guide fidèle
Dont je suis les lois.

Là, sa bouche amie,
Quand je me défie,
Bannit mon effroi
Et me dit : « Courage,
Ne crains pas l'orage,
Je veille sur toi.

Ame chancelante
Qu'un rien épouvante,
Tu ne peux périr.
J'ai couvert ton crime ;
J'ai fermé l'abîme
Prêt à t'engloutir. »

O mon Dieu, sans cesse
Ta ferme promesse
Sera mon appui.
Au fort de l'alarme,
J'en ferai mon arme
Contre l'ennemi ;

J'en ferai ma gloire,
Mon cri de victoire,
Même dans la mort ;
Afin qu'on me voie
Béni dans ma voie,
Comme un arbre fort

Dont le pied s'abreuve
Au courant d'un fleuve,
Et dont les rameaux
Fécondés par l'onde
Limpide, profonde,
Restent toujours beaux.

VIII

VIENS, O SAINT-ESPRIT!

Esprit-Saint, c'est par toi qu'aux premiers jours du monde
La matière germait sous l'abîme des eaux
Tu planais, et, soudain, sous ton aile féconde,
    L'ordre sort du chaos.

Qui peut te résister? Quand tu viens tout s'éveille ;
Tout s'anime et renaît sous ton souffle de feu.
Le désert disparaît, et la plaine vermeille
    Semble un jardin de Dieu.

Les morts même couchés sous la froide poussière,
Quand c'est toi qui leur dis : O mortels, levez-vous!
Les morts même à ta voix entr'ouvrent la paupière
    Et marchent devant nous.

2

Viens donc, ô Saint-Esprit, divin Maître des âmes,
Toi que Jésus mourant promit aux rachetés.
Sur nous, sur nos troupeaux, viens répandre tes flammes
    Et tes pures clartés.

Viens à notre secours dans la pleine richesse
Des dons que tu te plais à prodiguer aux tiens.
Donne-nous ton amour, ta force, ta sagesse,
    Seul auteur des vrais biens.

Lève-toi, Dieu vivant ; fais briller ta lumière,
Comme au jour glorieux où, descendant du ciel,
Tu parus en vainqueur et fondas sur la terre
    Ton royaume éternel.

Jour à jamais béni, Pentecôte immortelle,
Où, l'auréole au front, l'on vit tes serviteurs
En des sons merveilleux proclamer la nouvelle
    Qui sauve les pécheurs ;

Où tous les cœurs brûlaient, ivres d'un saint délire ;
Où les plus endurcis, éperdus, à genoux,

S'écriaient, fléchissant sous ton divin empire :
         Hommes, que ferons-nous?

Ah ! donne-nous, Seigneur, de les revoir encore
Ces jours si beaux, si purs, de première ferveur.
Rends-les à tes enfants dont la prière implore
         Ton unique faveur.

Viens, bénis nos travaux, afin que ta Parole
Du mal et de l'erreur chasse l'épaisse nuit;
Pour qu'elle coure au loin et brise toute idole
         Aux pieds de Jésus-Christ.

IX

IL VIENT, IL VIENT!

(Esaïe XL.)

Consolez, consolez, dit le Dieu des armées,
Consolez de Juda les tribus opprimées.
Annoncez à Sion la fin de ses douleurs ;
Dites-lui : Ton Dieu vient pour sécher tous tes pleurs.

O Sion, c'est assez de deuil et de souffrances ;
Tu n'as que trop payé tes anciennes offenses.
Dieu pardonne ton crime, et sur toi, désormais,
Il va comme un torrent faire couler sa paix.

Déjà de ses hérauts la voix frappe l'oreille.
Ils s'avancent criant : Que le désert s'éveille !

Hâtez-vous, préparez au plus sauvage lieu
Le sentier où bientôt doit passer notre Dieu.

Abaissez des coteaux les orgueilleuses cimes;
Redressez les détours, comblez tous les abîmes;
Alors de notre Dieu la gloire paraîtra
Et vos regards ravis connaîtront Jéhova.

Une voix m'a dit : Crie! — Et que dois-je donc dire
A ces cœurs las d'attendre et dont la force expire?
— Crie et dis : Toute chair n'est qu'une herbe sans nom,
Et sa gloire est semblable à la fleur du vallon.

Le vent souffle dessus; l'herbe tombe flétrie,
Et sa gloire avec elle est pour jamais tarie.
Ainsi passe la fleur, ainsi tous les humains;
Mais nul de notre Dieu ne rompra les desseins.

O toi qui de la paix apportes le message,
Ne crains donc pas, Sion; lève-toi, prends courage.
Pour mieux te faire ouïr monte sur les hauteurs;
Là, de toute ta voix, crie aux villes tes sœurs :

C'est lui, c'est votre Dieu qui vient, berger fidèle,
Pour étendre sur nous l'ombrage de son aile.
Il porte dans ses bras le jeune et frêle agneau
Et mène doucement les mères du troupeau.

Mais aussi, Dieu vengeur, il vient dans sa colère
Pour mettre sous ses pieds l'implacable adversaire.
Tremblez, fiers oppresseurs ; son bras lui sert d'appui ;
Son loyer le précède et marche devant lui.

X

NE PLEUREZ PLUS.

Ne pleurez plus, vous tous que la souffrance
Retient courbés sous sa pesante loi.
Cœurs abattus et morts à l'espérance,
Le Dieu d'amour vient bannir votre effroi.

Levez les yeux. Voyez-vous cette étoile,
Qui luit au ciel, et trace le chemin?
Dans le berceau que sa course dévoile,
Dort l'enfant roi salut du genre humain.

Sa pauvreté le dérobe à la vue
Des cœurs mondains, des esprits orgueilleux.
Mais, humble enfant, notre foi te salue
Et loue en toi le monarque des cieux.

Tel que tu nais, tu seras dans ta vie
Comme une plante obscure et sans renom ;
Seul au milieu de la foule ennemie,
Baignant de pleurs notre triste vallon.

Toi l'innocent, l'on te dira coupable ;
Toi le seul vrai, l'on ne te croira pas ;
Et tu tendras, entre tous misérable,
Ton dos aux coups et ta joue aux crachats.

Et cependant dans ta grande faiblesse
Tu seras fort d'un pouvoir tout divin ;
Tu seras roi par l'immense tendresse
Qui sur nous tous déborde de ton sein.

Sans autre appui que cet amour immense,
A chaque pas prodiguant les bienfaits,
Aux plus troublés tu rendras l'espérance,
Aux plus chétifs tu donneras ta paix.

Puis tu mourras. Au gibet d'infamie
Tout vrai témoin n'est-il pas attaché ?

Ne dois-tu pas boire jusqu'à la lie
Le vin amer servi par le péché?

Oui, tu mourras. Innocente victime,
La mort sur toi plane dès le berceau;
Mais tu la veux pour expier le crime,
Et le salut va germer du tombeau.

Dans ce néant où ta grandeur s'abaisse,
Nous t'adorons, ô suprême bonté!
Ta pauvreté, voilà notre richesse;
Et tes langueurs, voilà notre santé.

XI

GLOIRE A DIEU AU PLUS HAUT DES CIEUX, ET PAIX SUR LA TERRE.

(Luc II, 14.)

Ecoutez. Dans les airs
Quels merveilleux concerts
Soudain frappent l'oreille,
Pendant que sur les monts,
Dans les bois, aux vallons,
Tout repose et sommeille ?

Ecoutez. C'est le chœur
Des anges du Seigneur,
C'est leur brillante armée;

Et leurs hymnes divins
Du Sauveur des humains
Annoncent l'arrivée :

« Gloire dans les hauts lieux,
Gloire au Maître des cieux ;
Paix, paix sur cette terre.
Mortels, n'ayez plus peur ;
Vous avez un Sauveur ;
Dieu s'est fait votre frère. »

O mystère profond
Qui dépasse et confond
Notre vaine science :
Dieu devenu mortel,
Le puissant roi du ciel
Tout voilé d'indigence !

C'est qu'il vient pour souffrir,
Et, pour mieux nous bénir,
Il laisse sa couronne,

Lui Verbe anéanti,
Inconnu, sans abri,
Et pourtant sur un trône !

Mon âme, saint enfant,
S'approche en adorant,
Permets que je m'incline ;
Permets-moi de poser
Un tendre et pur baiser
Sur ta lèvre divine.

Un jour, ô mon Sauveur,
Accablé de langueur
Sur une croix infâme,
Ensanglanté, meurtri
Et jetant un grand cri,
Tu remettras ton âme

Jour couvert d'un linceul
Où l'univers en deuil
Frémira d'épouvante,

Où l'enfer rugissant
Croira pour un instant
Sa cause triomphante.

Mais cette horrible mort
Est la lutte d'où sort
Ta parfaite victoire.
Ton sang nous a lavés ;
Ta mort nous a sauvés ;
Ta mort est notre gloire.

Et moi, divin enfant,
Mon cœur reconnaissant
Humblement te révère.
Heureux dans ton amour,
Je bénis le saint jour
Qui te donne à la terre.

3

XII

EMMANUEL, A TOI GLOIRE ET LOUANGE!

Emmanuel,
O roi du ciel,
A toi gloire et louange;
Enfant donné,
Verbe incarné,
Rayon dans notre fange!

Mon Dieu, mon roi,
Est-ce bien toi
Dans une crèche infime?
Astre divin,
Quel œil humain
Peut sonder cet abîme?

Plus glorieux

Que les hauts cieux

D'où tu daignes descendre,

Tu viens à nous

Voilé pour tous,

Feu brûlant sous la cendre.

Immense amour !

Dans ce séjour

De révolte et de larmes,

Tu viens souffrant,

Humble et pleurant,

Pour bannir nos alarmes

Pauvres pécheurs,

O tristes cœurs

Accablés de misère,

Ne craignez plus ;

Voici Jésus ;

Le ciel rit à la terre.

Il l'a voulu,

Car nul n'eût pu

Nous tirer de l'abîme.

Il y descend,

Et seul il prend

Tout le fardeau du crime.

Divin Sauveur,

Tout notre cœur

Tressaille en ta présence.

Nous t'adorons,

Nous célébrons

Ta suprême indigence;

Astre caché,

Enfant couché,

Enveloppé de langes;

Mais Dieu vivant,

Dieu tout-puissant,

Roi du ciel et des anges!

XIII

NOTRE PÈRE QUI ES AUX CIEUX

Toi qui fondas la terre
Et qui règnes aux cieux,
Dieu tout bon, notre Père,
Nous t'adressons nos vœux.

Au monde qui l'ignore
Révèle ton grand nom ;
Que toute âme l'adore
Et trouve le pardon.

Courbé sous la souffrance,
Partout l'homme gémit ;
Que ton règne s'avance
Et chasse notre nuit

Bannis toute injustice,
Toute haine, tout fiel;
Que ta loi s'accomplisse
Ici-bas comme au ciel.

Des vrais biens source pure,
Accorde chaque jour
A nos corps leur pâture,
A nos cœurs ton amour.

Nos dettes sont immenses;
Pécheurs, nous t'implorons.
Pardonne nos offenses,
Comme nous pardonnons.

Sois toujours notre guide
Dans ce vallon de pleurs;
Qu'aucun piége perfide
Ne séduise nos cœurs.

Si le malin nous presse,
S'il redouble ses coups,

Au fort de la détresse,
Seigneur, délivre-nous ;

Car la toute-puissance,
L'amour, la sainteté,
Forment ta pure essence
De toute éternité.

XIV

ENSEIGNE-NOUS A COMPTER NOS JOURS

(Psaume XC.)

Jéhovah, notre Dieu, tu nous fus d'âge en âge
    Un lieu de sûreté,
Un port toujours ouvert où, dans les jours d'orage,
    Ton peuple est abrité.

Avant que ta parole eût engendré la terre,
    Eût fait jaillir les monts ;
Avant que le temps fût, avant que la lumière
    Brillât sur nos vallons,

De toute éternité subsistant par toi-même
> Au sein de l'infini,
Tu demeures toi seul, immuable, suprême,
> Dieu vivant, Dieu béni.

Qu'est l'homme devant toi? que pourrait donc prétendre
> Cette faible vapeur?
Tu te lèves, tu dis : Retourne dans ta cendre !
> Et l'homme tombe et meurt.

Pour toi, pour ta durée immense, sans pareille,
> Mille ans sont comme un jour.
Mille ans ne sont qu'un point ; c'est une simple veille
> Eteinte sans retour.

Et nous, dans cette vie où tout fuit, où tout croule,
> Songe triste et trompeur,
Nous passons emportés comme un torrent qui roule,
> Comme passe une fleur

Qui sort fraîche, riante et toute couronnée
> Des perles du matin ;

Puis, le soir, elle sèche et sa tige fanée
    Va joncher le chemin.

Tels s'envolent nos jours objets de ta colère,
    Courts, en proie au souci,
Et le plus beau de tous, quand on le considère,
    Au fond n'est qu'un ennui.

Donne-nous donc, Seigneur, des cœurs pleins de sagesse
    Pour comprendre toujours
Qu'ici-bas tout est vain et que notre richesse
    N'est que dans ton secours.

Ne sois plus irrité; pardonne nos offenses
    Cause de tous nos maux,
Et que nous puissions voir après tant de souffrances
    Des jours de vrai repos;

Des jours où ta bonté dès le matin nous ouvre
    Ses plus douces faveurs;
Où ta gloire paraisse, où ton bras se découvre
    A tous tes serviteurs.

Oui, réponds; fais lever ta lumière propice

Sur nous tristes humains,

Et que ton bon plaisir nous dirige et bénisse

Le travail de nos mains.

XV

CONNAISSEZ-VOUS?

Connaissez-vous la retraite chérie
Où je m'enfuis quand je me sens pécheur,
L'asile sûr où mon âme défie
Les dards brûlants de son accusateur?

Connaissez-vous le roc inaccessible
Où j'ai placé l'espoir de mon repos,
Roc éternel qui se rit, insensible,
Du bruit des vents et du courroux des flots?

Connaissez-vous l'eau merveilleuse et pure
Qui peut blanchir le crime le plus noir,

D'où je ressors lavé de ma souillure
Et tout joyeux d'aller à mon devoir?

Connaissez-vous le sein sur qui je pose
Avec bonheur mon front chargé d'ennuis,
Sein tendre et fort, doux abri que j'oppose
Comme un rempart à tous mes ennemis?

Oui, dites-moi, désirez-vous connaître
La sainte paix que goûtent les élus?
Etes-vous pauvre, et désirez-vous d'être
Sous votre toit plus riche que Crésus?

Ah! gardez-vous de chercher sur la terre
Ce que la terre a perdu pour jamais.
Demande-t-on au sable solitaire
L'épi doré qui jaunit nos guérêts?

Demande-t-on à la ronce inutile
De nous donner la laine des agneaux?
Demande-t-on à l'eau d'être immobile?
Demande-t-on au monde le repos?

O paix de l'âme, ô charme de la vie,

O bien dont rien n'égale la valeur,

Je te possède, et ma bouche publie

Que l'on te trouve aux pieds du Rédempteur.

XVI

L'AME JUSTIFIÉE

(Psaume XXXII.)

Heureux, ô bienheureux sur cette triste terre,
Le cœur dont notre Dieu pardonne le péché ;
Le cœur qui désormais le connaît comme un père
Et marche sous ses yeux de tout mal détaché.

J'ai vu mes os se fondre et ma vigueur s'éteindre,
Comme un champ quand l'été le sèche et le tarit.
Rebelle, je fuyais loin du Dieu qu'il faut craindre
Et, brisé sous sa main, je criais jour et nuit.

Mais enfin j'ai rompu ce coupable silence ;
J'ai prié, je t'ai dit : Mon Dieu, pardonne-moi !

Aussitôt ton amour, effaçant mon offense,
A mis fin à mes pleurs et calmé mon effroi.

Aussi tes bien-aimés, riches de ta promesse,
Dans le temps du besoin t'invoqueront toujours,
Et quand les eaux fondraient sur leur âme en détresse,
Pour sortir de péril ils auront ton secours.

Qui pourrait du salut me ravir la couronne?
C'est ton bras tout puissant qui me garde des cieux.
Tu me mets sur un roc ; ta faveur m'environne
Et m'inspire en tout temps des chants victorieux.

O pécheur, dit mon Dieu, je veux être ton guide ;
Je t'ouvrirai la voie où tu dois me servir.
Ecoute, et ne sois pas comme un mulet stupide
Que le mors et le frein contraignent d'obéir.

Regardez le méchant. Il a des maux sans nombre ;
Mais la prospérité suit l'ami du Seigneur.
Justes, égayez-vous. Placez-vous sous son ombre ;
Chantez, psalmodiez, ô vous tous droits de cœur.

XVII

PRIEZ POUR LA PAIX DE JÉRUSALEM

(Psaume CXXII.)

Sion parfaite en beauté,
O ville de sainteté,
Ville forte et bien unie,
Heureux les pieds de celui
Qui vient chercher un abri
Dans ton enceinte bénie.

Dédaignant tout autre lieu,
C'est là que notre grand Dieu
Aime à fixer sa demeure.
Il règne au milieu de nous

Et de ses biens les plus doux
Il nous couronne à toute heure

C'est là que, brûlant d'ardeur,
Nos tribus vont du Seigneur
Célébrer les ordonnances,
Et son bras, du haut des cieux,
Répond à son peuple heureux
Par d'insignes délivrances.

Que de fois l'avons-nous vu
Tenant ce bras étendu
Pour couvrir son sanctuaire,
Quand les peuples ameutés
Sous nos remparts arrêtés
Nous jetaient leur cri de guerre?

Dieu se montrait, et soudain,
Comme la nuit au matin
Fuit devant l'aube éclatante,
Ces superbes ennemis
A son aspect interdits
Reculaient pleins d'épouvante.

Ah ! prions pour que toujours,
Protégés par son secours,
Nous coulions des jours tranquilles ;
Pour que l'équité, la paix,
Fécondent par leurs bienfaits
Nos campagnes et nos villes ;

Pour qu'unis comme un faisceau
Nous tenions notre drapeau
Pur de toute flétrissure,
Toujours fermes dans la foi,
Dévoués à notre Roi
Malgré l'opprobre et l'injure.

Par amour pour ses enfants,
Prions, prions en tout temps
Pour Sion et pour sa gloire ;
Que Dieu garde ses remparts,
Et qu'au loin ses étendards
Soient bénis par la victoire.

XVIII

SOYONS UNIS, SOYONS UNIS!

Enfants de Dieu, ne perdons pas
Le temps à de vaines querelles;
Laissons de côté nos débats
Et cherchons des palmes plus belles.
Contre nous de nos ennemis
Voyez-vous le flot qui s'avance?
Pour le briser, soyons unis
Autour de Christ notre espérance.

Soyons unis, et sans retour
Foulons aux pieds ce qui divise.
Un même Chef, un même amour,
Frères, c'est là notre devise.

De la suivre soyons jaloux,
Et, sans nourrir de défiance,
Pour n'être qu'un, rapprochons-nous
Autour de Christ notre espérance.

Du grand Pontife de la foi
N'oublions jamais la prière :
« Comme je suis un avec Toi,
Qu'eux aussi soient un, ô mon Père ! »
Il a donné jusqu'à son sang
Pour cimenter notre alliance ;
Formons-la donc en nous plaçant
Autour de Christ notre espérance.

Comme un seul homme attaquons tous
Les citadelles du mensonge ;
Le monde entier gît devant nous
Perdu dans le mal qui le ronge.
Il faut lutter contre l'erreur ;
Il faut consoler la souffrance ;
Il faut amener tout pécheur
Aux pieds de Christ notre espérance.

A l'œuvre, à l'œuvre, rachetés ;
Suivons le Roi qui nous appelle ;
Il ne doit voir à ses côtés
Ni mains lâches ni cœur rebelle.
Contre le monde, oh ! qu'on est fort,
Quand sans fléchir, sans défaillance,
On combat d'un commun accord
En ayant Christ pour espérance.

A l'œuvre, à l'œuvre ; mais surtout
Soyons unis dans la prière,
Et, pour mieux combattre debout,
Luttons d'abord genoux à terre.
D'effroi Satan devient hideux,
Quand de nos cœurs, concert immense,
La prière s'élance aux cieux
Au nom de Christ notre espérance.

O feu divin, ô charité,
Embrase, unis toutes nos âmes.
Qu'aucun souffle impur, empesté,
N'altère en nous tes saintes flammes.

Sois notre flambeau jusqu'au jour
Où, dans la pleine délivrance,
Nous n'aurons plus qu'un chant d'amour
Auprès de Christ notre espérance.

XIX

LA BÉNÉDICTION PAR EXCELLENCE

(Psaume CXXXIII.)

Combien c'est doux et que c'est beau
Lorsque des frères sont ensemble;
Lorsque l'amour en un faisceau
Aux pieds de Jésus les rassemble!

C'est comme l'huile qui d'Aron
Arrose et oint la chevelure,
Et qui découle de son front
Aux moindres bords de sa parure.

C'est comme lorsque sur l'Hermon
On voit descendre la rosée,

Et que ses pleurs de mont en mont
Raniment la terre épuisée.

C'est comme ce nard de grand prix
Versé par la main de Marie,
Exhalant un parfum exquis
Dont la maison était remplie.

Là, le Seigneur entend nos vœux;
Là, sa présence nous éclaire.
C'est vraiment la porte des cieux,
C'est un Béthel sur cette terre.

Cœurs contre cœurs, quel doux accord!
Quel appui pour l'âme isolée!
Là, le plus faible se sent fort;
Là, toute peine est consolée.

Qu'importe alors si contre nous
L'orage gronde avec furie,
L'Eglise entière est à genoux
Et ne craint rien, car elle prie.

4

Peuple de Dieu, que dans tes rangs
Nul ne s'isole ni murmure.
Aimons, aimons ; c'est en tout temps
Et notre force et notre armure.

Que manque-t-il au nœud divin
Qui l'un à l'autre nous relie ?
Tous rachetés, tout en chemin
Vers notre céleste patrie;

Puis, tous ensemble recueillis
Au sein de la gloire éternelle ;
Près de Jésus, heureux, épris
D'une flamme toujours nouvelle.

XX

LES CIEUX RACONTENT LA GLOIRE DE DIEU

(Psaume XIX.)

Les cieux du Dieu très-haut nous racontent la gloire.
Leur voûte avec éclat dit à tous les humains
Quel est le créateur en qui nous devons croire
    Et ce qu'est l'œuvre de ses mains.

Comme un père à son fils enseigne la science,
Le jour au jour qui suit annonce son grand nom ;
Et la nuit s'adressant à la nuit qui s'avance,
    Répète la même leçon.

Quoi qu'en dise l'impie et sa bouche rebelle,
Les cieux ont une voix dont les sons tout puissants

Parcourent l'univers, et nulle âme mortelle
    Ne reste sourde à leurs accents.

Au sein du firmament dont la pompe s'étale
Il a posé la tente où loge le soleil.
Comme un époux quittant sa chambre nuptiale,
    L'astre sort riant et vermeil.

Il part comme un guerrier qui d'un seul bond s'élance,
Dardant de tous côtés ses rayons lumineux.
Sa course fait le tour de l'horizon immense,
    Et rien ne se voile à ses feux.

O mon Dieu, de ta loi qui dira la richesse?
Elle est parfaite, pure; elle est pour tous les temps,
Elle est vie et lumière, et montre la sagesse
    Aux yeux des plus simples enfants.

C'est elle qui m'instruit, me console et m'éclaire;
Rien n'égale le bien qu'elle fait à mon cœur.
Elle vaut plus que l'or; le charme qu'elle opère
    Surpasse le miel en douceur.

Accorde-moi, Seigneur, de l'observer sans cesse ;

Bannis du vice en moi jusqu'au moindre détour ;

Rends-moi pur, et reçois ce chant que je t'adresse,

Humble hommage de mon amour.

XXI

L'ÉTERNEL EST MON BERGER

(Psaume XXIII.)

Je marche sans peur,
Car j'ai pour pasteur
Jéhovah lui-même.
Il est mon rempart,
Et son seul regard
Fait mon bien suprême.

Pour lieu de repos,
J'ai dans tous mes maux
De vertes pâtures,
Et, quand je suis las,

J'arrête mes pas
Vers des ondes pures.

Ce Dieu plein d'amour
M'ouvre chaque jour
Un sentier facile.
Où j'entends sa voix,
Où je suis ses loix
En brebis docile.

Si dans mon chemin
Je voyais soudain
L'ombre menaçante
Du hideux vallon
Où le noir dragon
Sème l'épouvante,

Là même, ô mon Dieu,
Pour franchir ce lieu,
J'aurais ta houlette.
Vers moi tu viendrais
Et tu calmerais
Mon âme inquiète.

Malgré le courroux
Des nombreux jaloux
Que ma gloire irrite,
Tu dresses pour moi
Un festin de roi
Où ta voix m'invite.

Sur mon front vainqueur
Couronné d'honneur
Ton huile ruisselle,
Et de tes trésors
Pleine jusqu'aux bords,
Ma coupe étincelle.

Ainsi donc toujours,
O Dieu, ton secours
Sera ma victoire,
Et dans ta maison
J'irai de ton nom
Bénir la mémoire.

XXII

QUOI QU'IL EN SOIT

(Psaume LXII.)

Quoi qu'il en soit, j'ai le Dieu fort
Pour délivrance et pour asile.
Dans la tempête il est mon port ;
Quoi qu'il en soit, je suis tranquille.

Certainement vous périrez,
Vous qui poursuivez l'innocence ;
O vous, pervers, qui complotez
Contre le juste sans défense.

Vous tomberez dans votre effroi
Comme un pan de mur qui s'éboule,

Et comme tombe une paroi
Qui tout à coup s'affaisse et croule.

Tous leurs pensers ne sont que fiel;
Ils ne s'agitent que pour nuire.
Leurs lèvres distillent le miel,
Mais au dedans leur cœur déchire.

Toi, mon âme, ne les crains pas;
Laisse à Dieu le soin de ta vie;
Attends, et dans peu tu verras
Comme il confond leur perfidie.

Quoi qu'il en soit, j'ai le Dieu fort
Pour délivrance et pour asile.
Son bras me sauve de la mort;
Quoi qu'il en soit, je suis tranquille.

Peuples, confiez-vous toujours
En son pouvoir, en sa clémence.
Attendez tout de son secours;
Versez vos cœurs en sa présence.

Grands et petits, que valez-vous
Devant sa majesté suprême ?
Mis au plateau, vous seriez tous
Plus vains que le néant lui-même.

Ne vous enflez pas dans vos cœurs,
Quand sous vos toits l'argent abonde.
Gloire, beauté, richesse, honneurs,
Coulent et passent comme une onde.

O Dieu, tu parles et ta voix
A retenti du sanctuaire :
A moi la force, à moi les rois,
A moi les soutiens de la terre.

Et c'est à toi, Dieu souverain,
Qu'est aussi la bonté propice,
Car tu rendras à chaque humain
Selon les fruits de sa justice.

XXIII

LA MONTAGNE D'OU VIENT LE SECOURS

(Psaume CXXI.)

Cerné de toutes parts,
Je lève mes regards
Vers les monts éternels d'où vient la délivrance;
Vers le Dieu dont le bras armé pour ma défense
Vaut les plus hauts remparts.

Ce Dieu fort et puissant
A fait le firmament
Et sur le grand abîme a suspendu la terre.
Il gardera ton pied, comme fait une mère
Auprès de son enfant.

C'est le Dieu d'Israël,

Et son œil paternel

A vecun soin jaloux sur toi veille sans cesse.

Le berger de Sion ne dort ni ne s'affaisse

Comme un faible mortel.

Tu peux marcher en paix

Et braver tous les traits,

Car il est à ta droite, il te suit comme l'ombre.

Ni le soleil brûlant ni la nuit la plus sombre

Ne te nuiront jamais.

Oui, ce Dieu glorieux

Te couve de ses yeux.

Il garde ton entrée, il garde ton issue;

Et, quand du noir trépas l'heure sera venue,

Il t'ouvrira les cieux.

XXIV

DU FOND D'UN ABIME

(Psaume CXXX.)

Je crie à toi, Seigneur, du plus profond abîme;
    Ne me rends pas confus;
De peur que l'ennemi qui me foule et m'opprime,
    Sur moi n'ait le dessus.

Mon Dieu, si tu jugeais dans ta seule colère
    Nos mépris de ta loi,
Où donc est le mortel assez pur sur la terre
    Pour vivre devant toi?

Mais tu veux être aimé; tu veux la repentance,
    Non la mort du pécheur;

Et, quand nous t'implorons, ta fidèle clémence
Ne nous tient pas rigueur.

C'est Dieu seul qui bénit; c'est lui seul qui console;
Je ne m'attends qu'à lui.
J'ai pour moi son pardon, j'ai pour moi sa parole,
Et fort de son appui,

Comme la sentinelle attend dans la nuit sombre
Les premiers feux du jour;
Mon cœur tranquille et sûr malgré des maux sans nombre
S'attend à son amour.

Espère, espère donc, ô pauvre âme inquiète,
Espère en sa bonté.
C'est le Dieu d'Israël, et ce Dieu nous rachète
De toute iniquité.

HYMNES ET CANTIQUES

~~~~~~

LIVRE SECOND

HYMNES ET CANTIQUES

LIVRE SECOND

XXV

CANTIQUE DU MATIN

Mon âme, éveille-toi; tout brillant de lumière,
Vois, le soleil déjà commence sa carrière.
Laisse là le repos, et joins tes chants pieux
A l'hymne universel de la terre et des cieux.

Bénis le Créateur qui de sa main puissante
Trace aux astres lointains leur course obéissante,

Et, sans jamais changer, nous verse tour à tour
Le calme pur des nuits et la clarté du jour.

Bénis le Dieu d'amour qui fait grâce et pardonne,
Le Dieu qui de salut chaque jour te couronne;
Qui te comble de biens, et t'invite aujourd'hui
Comme un de ses enfants à marcher devant lui.

Veux-tu voir sur tes pas croître et fleurir la joie?
Sois pure, sois intègre et ferme dans ta voie.
Fais valoir ton talent, et pense qu'ici-bas
Chaque aurore nouvelle est grosse du trépas.

Hélas! à peine au jour ouvrons-nous la paupière
Que le mal nous atteint de sa dent meurtrière.
Prends comme un bon soldat l'armure de la foi;
Résiste, et le démon s'enfuira loin de toi.

Rédempteur des humains, ô soleil de justice,
Que sont nos faibles vœux sans ta grâce propice?
Comment faire mon œuvre et braver tout assaut,
Si tu ne me revêts de la force d'en haut?

Tiens-toi donc près de moi, Bonté, Beauté suprême,
Viens garder ton enfant qui t'implore et qui t'aime.
Eclaire mon sentier et darde sur mon cœur
Tes rayons dont un seul y répand le bonheur.

Efface mes péchés, comme on voit la rosée
Sous les feux du matin disparaître épuisée.
Rends-moi libre, vainqueur, afin que vers le but
Je m'élance joyeux et sûr de ton salut.

Sois ainsi, sois toujours ma lumière et mon guide;
Sois mon tout, sois mon roi, ma force, mon égide;
Et si la sombre mort me surprend en chemin,
O Jésus mon espoir, reçois-moi dans ton sein.

XXVI

HEUREUX LES PAUVRES D'ESPRIT

Heureux, heureux tous les petits,
Les cœurs simples, les cœurs contrits,
Car c'est ceux-là que Jésus aime.
Il les appelle bienheureux ;
Il dit : Mon royaume est pour eux ;
Ma paix sera leur diadème.

Qu'on est heureux, gai, triomphant,
Quand on possède un cœur d'enfant,
Un cœur comme on n'en trouve guère,
Qui vit tranquille sur son sort
Comme le doux être qui dort
Posé sur le sein de sa mère !

Qu'on est heureux, lorsque la foi
A quelque abîme devant soi,
Nuit noire où l'homme se désole,
Et que, sans rien chercher de plus,
On s'assied aux pieds de Jésus
En s'en tenant à sa Parole.

Qu'on est heureux, quand la douleur
Prend un morceau de notre cœur
Et le tord sous sa dent chagrine,
Et qu'on peut dire : Ce n'est rien ;
Dieu dirige tout pour le bien ;
Cette épreuve au ciel m'achemine.

O mon Sauveur, je me verrais
Au comble des vœux, si j'avais
Cette foi soumise et candide
Qui ne sait vivre que d'amour,
Qui s'attend à toi chaque jour
Et ne veut que ta loi pour guide,

A quoi donc servent nos travaux,
Nos jours sans sommeil ni repos,

Pour acquérir la connaissance?
Un grain d'amour devant tes yeux
Est mille fois plus précieux
Que des montagnes de science.

A quoi bon de chercher si loin
Le bonheur qu'on a sous la main?
Pourquoi courir la terre et l'onde,
Quand ton pardon est un trésor
Plus riche que des mines d'or
Et que les perles de Golconde?

O toi, des hommes le plus beau,
Pendant que je pais mon troupeau
Avec les enfants de ma mère,
Leurs vains discours font mes ennuis;
Je me détourne et je m'enfuis
Vers des lieux d'ombre et de mystère.

J'y pense à toi, mon bien-aimé,
A ton doux nom qui m'a charmé,

A ta grâce toujours nouvelle.
Je pense à ton front radieux,
Au feu céleste de tes yeux,
Et dans l'absence je t'appelle.

Viens donc m'entraîner après toi;
Viens, mon Sauveur, et place-moi
Comme un sachet sur ta poitrine.
Quand tu viens, je me sens ravi,
Et tout mon cœur a tressailli
De joie et d'extase divine.

XXVII

L'AME APPUYÉE

Qui est celle-ci qui monte du désert,
et qui s'appuie doucement sur son bien-
aimé?
(CANTIQUE DES CANTIQUES, VIII, 5.)

Ah! que mon âme vive,

Jésus, en ton amour;

Qu'à ta voix attentive,

Colombe sans détour,

Elle n'ait sur la terre

Qu'un désir, une loi :

Tout quitter pour te plaire

Et n'être plus qu'à toi.

Quelle est donc cette femme
Qui monte avec lenteur
Du désert où son âme
Se mourait de langueur?
Par la grâce embellie
Et d'un air noble et doux,
Voyez comme elle appuie
Son bras sur son époux.

L'austère solitude
Sous ses pas va n'offrant
Qu'un roc sauvage et rude,
Un soleil dévorant.
Tout manque, l'eau, l'ombrage ;
Et ses genoux parfois,
Trahissant son courage,
Fléchissent sous le poids.

Mais, ô charme suprême
Qui calme tout ennui,
Elle a celui qu'elle aime,
Elle-même est à lui ;

Et, dans l'âpre ravine,
Sous le ciel enflammé,
Heureuse elle chemine
Près de son bien-aimé.

Ah ! qu'ainsi, divin Maître,
Je puisse chaque jour
Pleinement me remettre
Aux soins de ton amour,
Et, voyageur qui passe,
Ne demander plus rien,
S'il me reste ta grâce
Et ton bras pour soutien.

Ainsi, lorsque la route
N'est qu'un sable brûlant,
Quand la sueur dégoutte
Du corps tout ruisselant,
A l'heure où l'on hésite,
Moi, pour reprendre essor,
A ta main qui m'abrite
Que je regarde encor.

Et si, toujours errante
Et lasse de gravir,
Mon âme haletante
Se sentait défaillir,
Pour renaître à la vie,
O Jésus, que ma foi
Te saisisse et s'appuie
Encor plus fort sur toi.

XXVIII

COURAGE, COURAGE!

Oh! que d'ennuis et de combats
Viennent constamment sur nos pas
Changer en larmes notre joie!
O triste monde où le péché
A notre cœur est attaché
Comme un vautour l'est à sa proie!

Aussi, mon Dieu, quel doux moment,
Quand, délivrés de ce tourment,
Nous serons reçus dans la gloire;
Quand, réunis aux saints élus,
Nous irons auprès de Jésus
Nous reposer dans sa victoire!

O jour heureux, quand nous verrons
Sa main divine sur nos fronts
Poser l'immortelle couronne,
Et qu'il dira : Venez, Bénis !
Entrez aux célestes parvis ;
Venez vous asseoir sur mon trône.

Courage donc, mon faible cœur ;
Ne te plains plus, si le labeur
Parfois semble excéder tes forces ;
Si même il te faut jusqu'au sang
Souffrir ici-bas en luttant
Contre le mal et ses amorces.

Bientôt tomberont tous tes fers ;
Tu seras libre, et, dans les airs
Comme l'oiseau joyeux s'élance,
Tu voleras vers ce séjour
Où rien n'entrave notre amour,
Où le parfait bonheur commence.

Bientôt, bientôt, et pour jamais
Tu t'abreuveras à pleins traits

Aux pures sources de la vie.
L'Agneau t'attend et, dans ses bras,
Sombre exilé, tu trouveras
Et ton repos et ta patrie.

O Jésus espoir de ma foi,
Je veux m'abandonner à toi,
A ton amour, à ta sagesse ;
Trace toi-même mon chemin.
Et montre-toi jusqu'à la fin
Le défenseur de ma faiblesse.

XXIX

GETHSÉMANÉ

O Gethsémané, saint asile
Où tant de fois loin de la ville
Mon Sauveur vint se recueillir,
Quel est cet homme que, dans l'ombre,
Je vois, sous ton feuillage sombre,
Et s'agiter et défaillir?

C'est Jésus-Christ dans la détresse.
Il pense à la croix qui se dresse
Pour recevoir son corps sanglant;
Et devant cet amer calice,
Près de s'offrir en sacrifice,
Lui le seul fort devient tremblant.

Pâle, la face contre terre,
Il lutte, il prie, et sa prière
Semble chercher en vain le ciel :
« Abba ! Père, s'il est possible,
Epargne-moi cette heure horrible ;
Ne m'abreuve pas de ce fiel. »

Trois fois sur ses genoux il tombe ;
Trois fois son âme qui succombe
Laisse échapper le même cri ;
Et sa souffrance est si cruelle,
Que dans cette étreinte mortelle
Sur son corps le sang a jailli.

Il faut, tant sa détresse est grande,
Que du ciel un ange descende,
Pour éclairer ce sombre lieu.
L'ange s'approche et, de son aile
Essuyant le sang qui ruisselle,
Il console le Fils de Dieu.

Alors, redoublant d'énergie,
Jésus se prosterne et supplie,

Jusqu'à ce qu'il sente à la fin
Que son âme est victorieuse
Et qu'elle va mourir, heureuse
D'obéir au décret divin.

« O Dieu, » dit-il, et son visage
Respire d'un ciel sans nuage
L'ineffable sérénité,
« O Dieu, que ta loi s'accomplisse!
Voici ma vie en sacrifice;
Mais que l'homme soit racheté. »

Et moi, Seigneur, quoi qu'il arrive,
Si jamais mon âme craintive
Voulait se plaindre ou s'irriter;
S'il me semblait que la souffrance
Pèse pour moi dans ta balance
Plus lourd que je ne puis porter;

Au sein des plus vives alarmes,
Je me souviendrai de tes larmes
Et de ta sanglante sueur.
Et puisqu'ici-bas la victoire

N'est que pour celui qui veut boire
A la coupe de ta douleur,

Je te dirai, courbant la tête :
Ta seule volonté soit faite,
Et non la mienne, ô Dieu d'amour !
Si sous la croix je pleure encore,
J'attends, je prie et je t'adore,
Certain de tout comprendre un jour.

XXX

L'HOMME DE DOULEUR

(Esaïe LIII.)

D'Isaï c'est le rejeton.

Comme une plante sans renom

Qui croît dans un lieu solitaire,

Et comme un homme de douleur

Qui ne connaît que la langueur,

Il a paru sur cette terre.

Il n'a ni forme ni beauté ;

Il est souffrant, déshérité,

D'une si chétive apparence,

Qu'on l'estime comme un maudit ;

6

Qu'on s'en détourne et l'on se dit :
Dieu l'afflige dans sa vengeance.

Mais c'est pour nous qu'il est livré ;
Et, quand il est ainsi navré,
C'est qu'il prend sur lui nos souillures.
Il a payé pour nos forfaits,
Et nous avons trouvé la paix
Dans ses sanglantes meurtrissures.

Comme des brebis sans pasteur,
Chacun de nous selon son cœur
A suivi des sentiers obliques.
Chacun dans le mal est gisant;
Et lui seul pur, seul innocent,
Dieu l'a froissé pour nous iniques.

On l'accable de toutes parts,
Et son âme dans nos regards
Ne lit qu'insulte et raillerie.
Il tombe enfin sous le couteau,
Doux et muet, tel qu'un agneau
Que l'on mène à la boucherie.

Brisé, courbé sous la douleur,
Il est retranché dans sa fleur
Par l'injustice qui l'opprime.
Même la haine, après sa mort,
Sur ses restes s'acharne encor
Et les veut dans le champ du crime.

Telle est la loi du Tout-Puissant :
Il a fallu que l'innocent
S'offrît pour nous en sacrifice ;
Qu'il fût mis au rang des pécheurs ;
Qu'il portât pour les transgresseurs
La peine due à l'injustice.

Mais quand de ce Juste immolé
Le sang pour nous aura coulé,
Alors surviendra la victoire.
Il vivra sans terme à ses jours
Et rien n'interrompra le cours
De son triomphe et de sa gloire.

Il verra sa postérité
Surgir brillante de beauté

Comme les perles de l'aurore.

Plein de joie il contemplera

Le salut que sur Golgotha

Sa souffrance aura fait éclore.

Il régnera sur les humains,

Et jusqu'aux bords les plus lointains

Il fera voler sa parole.

Les pécheurs se convertiront

Et pour salaire ils recevront

La grâce qui sauve et console.

Oh ! loué soit le Dieu du ciel

Qui dans son fils Emmanuel

Nous a donné cette espérance.

Et loué soit le Rédempteur

Froissé, navré, mais seul auteur

De notre entière délivrance !

XXXI

MOURANT MAIS VAINQUEUR

Roi couvert de blessures,
Roi meurtri, roi sanglant,
Tu meurs sous les injures,
Mais tu meurs triomphant.
Devant toi je m'incline,
Et j'adore à genoux
Ton front ceint d'une épine,
Tes pieds percés de clous.

Lion par le courage,
Agneau par la douceur,
C'est en vain qu'on t'outrage,
Rien n'ébranle ton cœur.

6*

Sur ce sombre Calvaire
Défiant tous les maux,
Tu meurs, et ta prière
Couvre encor les bourreaux.

Le ciel même à cette heure
S'est voilé devant toi.
C'est l'heure où l'ange pleure
Et recule d'effroi.
C'est l'heure, où sans défense
Et percé de nos mains,
Tu veux par ta souffrance
Racheter les humains.

Tu le veux, roi de gloire ;
Tu l'as fait, ô Sauveur !
L'enfer est sans victoire
Contre un Dieu rédempteur.
Trop pure est la victime ;
Trop noble est le garant ;
Et, quand tu meurs, l'abîme
Est comblé par ton sang.

Seul maître de la terre,
Tu pouvais, radieux,
Sur un char de lumière
Eblouir tous les yeux.
D'innombrables phalanges
Instruites aux combats
Eussent de leurs louanges
Fait cortége à tes pas.

Tu pouvais... Mais restée
Veuve de ton amour,
La terre épouvantée
Périssait sans retour;
Et, contemplant le monde
Au trépas dévolu,
Satan, l'archange immonde,
Aurait dit : J'ai vaincu.

O toi qu'on injurie,
Sois béni, Dieu Sauveur,
Car ton sang est la vie
De ce monde pécheur;

Et tes cruelles plaies,
Et tes douleurs sans nom,
Sont le prix que tu paies
Pour notre guérison.

On t'insulte, on t'outrage ;
Mais qu'importe après tout ?
Ferme au sein de l'orage,
Ta croix reste debout.
A toi seul est l'empire ;
Et jusqu'aux derniers temps,
O Jésus, ton martyre
Sauvera les croyants.

XXXII

OH! VIENS, PÉCHEUR

Oh ! viens, pécheur, contempler au Calvaire
La croix où meurt ton Sauveur et ton roi.
Viens, quel que soit ton crime ou ta misère ;
Viens, tu le peux ; car s'il meurt, c'est pour toi.

Oui, c'est pour toi que le Seigneur expire
Et qu'il est là, cadavre inanimé.
Le sang qui sort de son flanc qu'on déchire,
Ne dit-il pas combien tu fus aimé ?

Pourquoi trembler, pauvre brebis perdue,
Quand ce qu'il souffre il le souffre pour tous,
Et que du ciel la grâce descendue
Se montre à toi sous les traits les plus doux ?

Il est frappé, lui le maître du monde;
Pâle et défait, il jette un dernier cri;
Mais c'est au sein de cette horreur profonde
Qu'en se donnant il a tout accompli.

Il le fallait, car nulle autre souffrance
N'eût de la terre expié les forfaits,
Et, plein d'amour, il met dans la balance
Son propre sang pour sceller notre paix.

Oh! que d'éclat, que de beauté rayonne,
Divin Jésus, sur ce bois où tu meurs!
C'est un gibet, et pourtant c'est un trône
D'où pour jamais tu règnes sur nos cœurs.

Gibet de gloire auprès de qui s'efface
Toute splendeur de la terre et des cieux,
Où le pécheur voit son titre de grâce
Surgir brillant de ton sang généreux.

XXXIII

POURRAIS-TU BIEN?

O mon Sauveur, pourrais-tu bien encore
Avoir pitié d'un pécheur tel que moi?
M'entendrais-tu, lorsque ma voix t'implore
Et lorsque tout me manque, excepté toi?

Ce qui te plaît, je le sais, c'est une âme
Qui vient à toi par un vrai repentir;
Et moi, tout plein de mon impure flamme,
J'aime ma plaie et ne veux pas guérir.

En vain, dressant sa barrière inflexible,
Le devoir parle et dit de renoncer,
Plus que jamais, au devoir insensible,
Mon cœur ingrat s'obstine à t'offenser.

Quoi d'étonnant si, toujours révoltée,
Mon âme appelle et voit fuir le repos,
Toujours semblable à la mer tourmentée
Qui jette aux vents l'écume de ses flots ?

Quoi d'étonnant si, troublée, incertaine
Ma foi n'est plus qu'un flambeau vacillant
Et si, vaincu par le mal qui m'entraîne,
Je n'ose plus me dire ton enfant ?

O paix du cœur, seul bien digne d'envie,
Temps du réveil et du premier amour,
N'avez-vous lui sur mon âme ravie,
Que pour passer envolés sans retour ?

Qui me rendra ces beaux jours que je pleure,
Ces jours de joie et de sainte ferveur
Où j'étais pur, où ma bouche à toute heure
Chantait, louait, bénissait mon Sauveur ?

Où, tendre et chaste, et sans autre pensée,
Je le suivais, comme on marche à l'autel,

Tenant ma main dans la sienne enlacée
Et lui jurant un amour éternel?

Reviens, Seigneur, oh! daigne, daigne encore
Avoir pitié d'un pécheur tel que moi.
Entends ma voix, puisque ma voix t'implore
Et puisque tout me manque, excepté toi.

XXXIV

DANS LA SOUFFRANCE

O mon Dieu, dans la souffrance,
C'est à toi que j'ai recours;
Car je sais que ta clémence
N'est pas fermée à toujours;
Et le tourment que j'endure
Est si profond, si cuisant,
Que, pour guérir ma blessure,
Tout remède est impuissant.

Si je me dis : Ta parole
M'offrira quelque repos;
Elle est la voix qui console,
Un baume pour tous les maux;

Ta parole si parfaite,
Autrefois mon seul bonheur,
Maintenant froide, muette,
N'enseigne rien à mon cœur.

Si je me dis : La nature
M'ouvrira son vaste sein ;
Sa beauté sereine et pure
Adoucira mon chagrin ;
Les champs, les bois et leur ombre,
Pour moi n'ont aucun abri ;
J'y promène, toujours sombre,
Mes regrets et mon ennui.

J'ai perdu l'obéissance,
J'ai perdu ma piété ;
Et, pour venger cette offense,
Tu me voiles ta bonté.
Même lorsque ma prière
Tente d'aller jusqu'à toi,
Je la sens comme une pierre
Qui tombe et revient sur moi.

De ma coupable folie
Tel est l'amer châtiment.
Je le confesse et publie,
Tu me punis justement.
J'ai manqué de vigilance ;
Au lieu de garder mon cœur,
J'ai cédé sans résistance
Au piége du tentateur.

Et maintenant, lâche esclave,
Je gémis dans mon péché,
Sans oser rompre l'entrave
Qui me retient attaché.
En vain je me désespère,
En vain j'ai honte de moi,
Plus fort que tout il m'enserre
Et me courbe sous sa loi.

Mais, ô Dieu, Dieu que j'implore,
Si profond que soit mon mal,
A mon cœur tu peux encore
Dicter un chant triomphal.

Dis seulement la parole,
Montre-toi dans ton amour,
Et la nuit qui me désole
Fera place au plus beau jour.

Oui, c'est là ma confiance,
Et j'espère qu'à la fin
Je verrai ta délivrance
Rayonner sur mon chemin.
Jamais d'une âme qui t'aime
Tu n'as trompé le désir ;
Et tu sais bien, Dieu suprême,
Que je veux t'appartenir..

XXXV

JE ME SUIS TU ET N'AI PAS MÊME OUVERT LA BOUCHE

(Psaume XXXIX)

Je m'étais dit dans ma souffrance :
Pour ne commettre aucune offense,
Je serai muet, ô Seigneur !
J'aurai comme un mors à ma bouche,
Pendant que d'un rire farouche
L'impie insulte à mon malheur.

Oui, me disais-je, il faut me taire,
Et telle était ma peine amère
Que le feu brûlait tous mes os.
Mais enfin rompant le silence,

Comme une flamme qui s'élance,
Ma douleur s'épanche en ces mots :

Seigneur mon Dieu, fais-moi connaître
Le profond néant de mon être
Et la limite de mes jours.
Dis-moi pourquoi de mes années
Si tristes et sitôt fanées
Je vois ainsi périr le cours?

Sans avoir vécu je succombe,
Et de ma naissance à ma tombe
Je mesure à peine une main.
Voilà, nous passons comme l'herbe,
Et, malgré son orgueil superbe,
Tout homme n'est qu'un souffle vain.

Il s'agite sans fin ni trêve,
·Misérable jouet d'un rêve
Que la mort fait évanouir.
Il entasse des biens sans nombre ;
Puis il les quitte morne et sombre,
Et ne sait qui doit en jouir.

Maintenant donc, ô juste juge,

Quel est mon unique refuge ?

Qu'ai-je attendu, si ce n'est toi ?

Relève mon âme brisée ;

Que je ne sois pas la risée

Des méchants qui bravent ta loi.

Je me suis assis sur ma couche

Et n'ai pas même ouvert la bouche,

Car c'était toi qui me frappais.

Suspends tes coups je t'en supplie ;

Toute ma force est défaillie

Par la guerre que tu me fais.

Que peut l'enfant de la poussière ?

Aussitôt que dans ta colère

Tu punis son iniquité,

Comme la fleur qu'un ver dévore,

En un instant il s'évapore ;

Adieu sa gloire et sa beauté.

O mon Dieu, reçois ma prière ;

Vois mes larmes et considère

Qu'ici bas je suis pèlerin.

Que de moi ta main se retire,

Et qu'au moins mon âme respire

Avant l'heure où je prendrai fin.

XXXVI

IL A OUI MON CRI

(Psaume CXVI.)

Ma joie et mon bonheur c'est d'avoir pour retraite
Un Dieu qui compatit aux pleurs que je répands.
Il a prêté l'oreille à mon humble requête,
Et je veux désormais l'invoquer en tout temps.

D'un si profond chagrin mon âme était saisie,
Que déjà je touchais aux portes du trépas;
Mais j'invoquai le Dieu qui veille sur ma vie;
Je lui dis : Par pitié, ne m'abandonne pas.

Mon Dieu, c'est Jéhovah, le Dieu juste, fidèle,
Qui fait grâce au pécheur le plus désespéré,

Il garde les petits sous l'ombre de son aile;
Il a vu ma détresse et m'en a délivré.

Mets donc fin, ô mon âme, à toutes tes alarmes;
Et puisque Jéhovah te donne son appui;
Puisqu'il sauve tes jours, puisqu'il sèche tes larmes;
Retourne en ton repos et marche devant lui.

Oui j'ai cru, c'est pourquoi je ne saurais me taire.
J'ai courbé sous le poids de l'extrême douleur;
J'ai fait du cœur humain l'expérience amère,
Et j'ai dit : Tout mortel n'est qu'un roseau menteur.

Que rendrai-je à mon Dieu pour sa faveur immense?
Je prendrai dans mes mains la coupe du salut,
Et j'irai devant tous, plein de reconnaissance,
Des vœux que j'ai formés lui payer le tribut.

J'irai dans la maison où son peuple l'adore;
Dans tes murs, ô Sion, ma voix proclamera
Qu'il est le Rédempteur de quiconque l'implore,
Et que le sang des saints est cher à Jéhovah.

O Jéhovah, je suis le fils de ta servante ;

Je suis ton serviteur ; je te prie, entends-moi ;

Car je veux en retour de ta grâce éclatante

N'exalter que ton nom, n'obéir qu'à ta loi.

XXXVII

CÉLÉBRONS NOTRE DIEU

Célébrez votre Dieu par un nouveau cantique ;
Prenez vos instruments ; égayez-vous, chantez ;
    C'est à vous, rachetés,
Qu'il convient d'exalter sa gloire magnifique.

Il est le Créateur. Sa parole puissante
A du sein du néant évoqué l'univers.
    Il commande et les mers
Inclinent devant lui leur crête frémissante.

Il vole avec les vents ; il gronde avec l'orage.
Des peuples et des rois il confond les projets ;
    Tandis que ses décrets
Plus fermes que le roc subsistent d'âge en âge.

Qui pourrait pénétrer son ineffable essence ?

Seul il est éternel ; seul, présent en tous lieux ;

    Et la voûte des cieux

Resplendit des témoins de sa munificence.

Ce Dieu, c'est notre Dieu, le Dieu qui nous console.

Ce Dieu, tout grand qu'il est, du haut de son séjour,

    Ecoute avec amour

Le cœur humble et brisé qui tremble à sa parole.

Il a pour nous bénir désarmé sa colère ;

Quand nous étions errants, il nous a recueillis ;

    Nous sommes ses brebis,

Le troupeau qu'il connaît et dont il est le père.

Venez, prosternons-nous devant ce roi de gloire ;

Car tous les autres dieux ne sont que vanité ;

    Leur culte, fausseté ;

Que périsse à jamais leur nom et leur mémoire !

Mais lui le Dieu sauveur des âmes immortelles,

De tout ce qui respire est l'auteur et l'appui.

    L'insecte vit par lui,

Et l'ange en l'adorant se voile de ses ailes.

XXXVIII

IL ME VOIT

(Psaume CXXXIX.)

O Dieu, tu m'as sondé. Tu sais quand je me lève,
Tu sais quand je me couche ; en repos ou debout,
N'importe, tu me vois ; et, plus perçant qu'un glaive,
    Ton œil me suit partout.

Où fuir pour échapper à cet œil tout de flamme ?
Si je montais aux cieux, Roi puissant, t'y voilà ;
Et si je me couchais au sépulcre, à mon âme
    Tu dirais : Je suis là !

Si, prenant pour mieux fuir les ailes de l'aurore,
Je me posais aux lieux où tout bord disparaît,

Là même ton regard me poursuivrait encore ;
    Ta main m'y saisirait.

Si je dis : Que la nuit me couvre de son ombre !
La nuit comme un flambeau va luire autour de moi.
Rien ne m'abriterait ; et la nuit la plus sombre
    Est lumière pour toi.

Tu m'as fait et formé d'une étrange manière.
Quand je n'étais qu'un rien, un germe, tu m'as vu,
Et ta main de mon corps au ventre de ma mère
    Façonnait le tissu.

Tu connais de mes os l'agencement intime ;
Mon fond le plus caché t'est comme un livre ouvert.
Que ton savoir est grand ! c'est vraiment un abîme
    Où ma raison se perd.

O toi qui des hauts lieux où ta gloire réside,
Mesures d'un regard et le ciel étoilé,
Et les cœurs des humains, et sur la plage humide
    Le sable amoncelé,

Dieu suprême, ô mon Dieu, j'implore ta clémence.

Je ne suis qu'un pécheur, je n'ai rien à t'offrir ;

Mais mon cœur où tu lis, mais mon cœur qui t'offense,

    Veut pourtant te servir.

Daigne prendre en pitié ma faiblesse profonde ;

Mets en moi ton salut complet, victorieux ;

Et que je vive enfin, en traversant ce monde,

    Comme un bourgeois des cieux.

XXXIX

OUI, TOUT EST BIEN

Avec Jésus, oui, je puis dire
    Que tout est bien.
Ne sais-je pas que tout conspire
    A mon vrai bien?
Son sang a lavé ma souillure;
Son bras puissant est mon armure,
Et sa promesse est toujours sûre;
    Oui, tout est bien.

Pourquoi craindrais-je la souffrance?
    Elle est un bien.
Sans combat point de récompense,
    Sachons-le bien.

De ce creuset où Dieu m'affine,
Ne faut-il pas la discipline,
Pour que plus libre je chemine?
    Oui, tout est bien.

Oh! qu'heureuse est l'âme arrachée
    A son faux bien,
Et du même coup rattachée
    Au seul vrai bien.
Elle a Jésus celui qu'elle aime,
Et, riche de son amour même,
Elle goûte une paix suprême.
    Oui, tout est bien.

Soit donc que Dieu frappe et punisse,
    Je dis : C'est bien.
Soit qu'il refuse ou m'appauvrisse,
    C'est toujours bien.
J'ai versé mainte larme amère;
Mais jamais sa bonté de père
N'a fait défaut à ma prière
    Oui, tout est bien.

Qu'importe ce sombre nuage,

    Si tout est bien ?

Le beau temps vient après l'orage.

    Croyons-le bien.

Du jour si pur qui doit éclore,

Pour nous déjà brille l'aurore ;

Ah ! sous la croix chantons encore :

    Oui, tout est bien.

XL

COMME TU VEUX, COMME TU VEUX!

> My God and Father, while I stray,
> Far from my home, on life's rough way,
> O teach me from my heart to say
> Thy will be done !
> CHARLOTTE ELLIOTT.

Aussi longtemps qu'étranger sur la terre

J'en foulerai les sentiers douloureux,

Fais, ô mon Dieu, qu'à tout bien je préfère

   Ce que tu veux, ce que tu veux.

Oui, qu'en tout temps, sous la croix la plus dure,

Aux jours mauvais comme aux jours radieux,

Je puisse dire, abdiquant le murmure :

   Comme tu veux, comme tu veux.

Si je suis seul, en proie à la tristesse,

N'ayant pas même un ami sous les cieux,

Ton doux pardon n'est-il pas ma richesse?

    Comme tu veux, comme tu veux.

D'un être aimé maintenant froide cendre

Si, l'âme en pleurs, j'ai reçu les adieux,

C'était ton bien et tu viens le reprendre;

    Comme tu veux, comme tu veux.

Si jeune encor sur un lit de souffrance,

Je vois la mort apparaître à mes yeux,

Pour mon printemps s'il n'est plus d'espérance,

    Comme tu veux, comme tu veux.

Je ne demande, ô mon Dieu, qu'une chose :

Sois mon trésor, mon appui précieux.

Pour tout le reste, ordonne, fais, dispose

    Comme tu veux, comme tu veux.

Etablis donc sur mon cœur ton empire;

Règne si bien et par de si doux nœuds,

Que jamais rien ne m'empêche de dire :
 Comme tu veux, comme tu veux.

Et puis un jour, sans troubles, sans alarmes,
Je chanterai sur des bords plus heureux
L'hymne qu'ici je mêle avec mes larmes :
 Comme tu veux, comme tu veux.

XLI

LA VISION CÉLESTE

(Apocalypse VII, 9-17.)

Or je vis des élus la foule triomphante;
Devant Dieu tous debout, des palmes à la main,
Et vêtus d'un fin lin
Qui surpassait des lis la blancheur éclatante.

Ils chantaient, et leur chant impossible à décrire
Tonnait comme les flots de la mer en courroux,
Et pourtant était doux,
Tendre, comme les sons qu'une harpe soupire.

Moi j'écoutais, ravi, leur hymne de victoire,
Quand j'ouïs une voix qui disait : Tous ceux-ci

Qui triomphent ainsi,
Sont les enfants de Dieu parvenus à la gloire.

Ils viennent du séjour ou règne la souffrance.
Tous ils ont combattu ; tous ils ont de l'Agneau
Suivi le saint drapeau,
Et conquis dans son sang leurs robes d'innocence.

Maintenant devant Dieu, rayonnants de jeunesse,
Ils foulent à leurs pieds leurs ennemis vaincus,
Et ne redoutent plus
Que l'enfer et la mort troublent leur allégresse.

Maintenant dégagés des chaînes de la terre,
Sans jamais se lasser ils servent nuit et jour
Celui de qui l'amour
Est contemplé par eux dans la pleine lumière.

Maintenant de leurs yeux toute larme est tarie.
L'épreuve, les combats ont fait place au bonheur,
Et l'Agneau leur pasteur
Les guide et les conduit aux sources de la vie.

XLII

JÉSUS-CHRIST EST RESSUSCITÉ

Jésus-Christ est ressuscité.

Ouvrons nos cœurs à l'espérance ;

La vie et l'immortalité

Sont désormais en évidence.

Ne craignons rien. Sur le Seigneur

Si la mort même est sans empire,

Si de la tombe il sort vainqueur,

Quelle force pourrait nous nuire ?

Jésus-Christ est ressuscité.

Dans son retour oh ! que de charmes,

Quand vers les siens, plein de bonté,

D'un mot il chasse leurs alarmes.

« Venez, touchez, leur dit sa voix;
Cœurs défiants et lents à croire,
Ne fallait-il pas que la croix
M'ouvrît le chemin de la gloire? »

Jésus-Christ est ressuscité.
Oui, c'est Jésus, c'est bien lui-même,
Sauveur et bientôt exalté
A la droite du Dieu suprême.
Tombons, chrétiens, à ses genoux;
Baisons ses pieds avec Marie;
C'est le Seigneur, c'est pour nous tous
Qu'il a donné sa propre vie.

Jésus-Christ est ressuscité;
O mort, ta frayeur est vaincue.
Sûr de régner, le racheté
Te foule à ses pieds abattue.
Que nous fait ton dard venimeux,
Et qu'importe un corps de poussière?
Où va le Chef, là vont tous ceux
Qu'il a rangés sous sa bannière.

Jésus-Christ est ressuscité.

Salut à toi, souffrance amie !

De ton calice redouté

L'amertume est évanouie.

Christ a souffert, c'est ici-bas

La loi suprême, universelle :

Luttes d'abord à chaque pas,

Mais plus tard la palme immortelle.

Jésus-Christ est ressuscité.

Allons, chrétiens, plus de faiblesse;

Les cœurs en haut, vers la cité

Où pour toujours la peine cesse.

Pensons au grand prix de la foi,

Et, pour gagner la récompense,

Marchons en suivant notre roi

Qui monte au ciel et nous devance.

O Jésus-Christ ressuscité,

Toi notre espoir, toi notre gloire,

Viens dans ta force et ta beauté,

Hâte ta dernière victoire.

Nous t'attendons. Tu l'as promis ;

Tu régneras sur cette terre,

Et devant toi tes ennemis

Un jour baiseront la poussière.

TABLE ALPHABÉTIQUE

DES

HYMNES ET CANTIQUES

~~~~~~~

www.ingramcontent.com/pod-product-compliance
Lightning Source LLC
Chambersburg PA
CBHW071229260626
47162CB00004B/1486